HÉSIODE ÉDITIONS

GEORGES BERNANOS

Scandale de la vérité

Hésiode éditions

© Hésiode éditions.

1 rue Honoré - 93500 Pantin.
ISBN 978-2-493135-67-4
Dépôt légal : Septembre 2022

Impression Books on Demand GmbH

In de Tarpen 42
22848 Norderstedt, Allemagne

Scandale de la vérité

*

Il n'y a pas un homme de mon pays qui n'entende aujourd'hui retentir à ses oreilles l'exhortation charitable de Maître Guillaume, et ne soit tenté de s'écrier, avec l'ange de la Patrie : « Vrai, je croy bien que mes voix m'ont déçue ! »

« Elle riait en prononçant la formule d'abjuration », rapportent les témoins. La pensée de ce rire ne m'a pas quitté tout au long de ces affreuses semaines. Je n'ose pas dire qu'elle ait beaucoup soutenu mon courage, et d'ailleurs je n'ai pas le courage de regarder en face le déshonneur de mon pays. Le mot de déshonneur me paraît lui-même sans proportion avec les événements et les hommes, je me demande si nous avions encore tant d'honneur à perdre. Il y a une sorte de courage qui n'est qu'une forme de refus et qui porte, je crois, le nom de stoïcisme. Ce mot n'a aucun sens dans notre langue. Nos héros sont des militaires ou des saints, gens simples parmi les simples, et lorsque la douleur nous exerce, nous n'avons pas plus besoin d'un maître à souffrir que d'un maître à danser. Nous tâchons de souffrir au jour le jour, selon ce que Dieu nous demande, la tête autant que possible tournée vers le mur, afin de ne pas décourager le prochain. La plus lugubre de toutes les grimaces humaines est probablement celle du pauvre cuistre à l'agonie, et qui se travaille pour crever en cuistre, rendant par tous les orifices le contenu de son dictionnaire grec et latin. « Ou souffrir ou mourir », disait sainte Thérèse d'Avila. Pour désirer la souffrance, il faut l'aimer. Qui n'est pas capable de l'aimer, fait mieux de l'endurer humblement, aveuglément, et même de se plaindre tout son saoul. L'orgueil et la constipation me paraissent deux causes également redoutables d'échauffement, et la première conséquence d'une crise de stoïcisme, c'est de faire monter la température. Que le diable emporte les surhommes !

« Elle riait en prononçant la formule d'abjuration. » Il est facile d'imaginer ce rire. J'entends son éclat discordant, je vois le regard égaré, les joues creuses, le front luisant de sueur et tout le frémissement du jeune corps courbé sous la menace du feu. « Je croy bien que mes voix m'ont déçue. » Non pas ses voix mais l'honneur. La vie vaut-elle plus que l'honneur ? L'honneur plus que la vie ? Qui ne s'est pas posé une fois la question, ne sait pas ce que c'est que l'honneur, ni la vie. « À quoi bon ? » dit le cynique. « À quoi bon ? » répète le prêtre, bien que dans un sens différent. « La nature ignore l'honneur », dit le savant. Et l'historien lui répond : « Quiconque dispose en ce monde de la gloire et de la puissance aura toujours assez d'honneur. » Ces raisons valent ce qu'elles valent. Si elles ne valaient rien, le débat n'aurait pas de sens. Elles valent beaucoup. Elles valent trop. Aussi longtemps qu'un homme n'a pas senti comme éclater en lui leur évidence, aussi longtemps que son sang et sa chair ne se sont pas faits leurs complices, il n'est jamais qu'un malheureux, doué de plus de courage que de jugement. S'il est assez fou pour croire qu'il sera bien payé de sa mort par l'admiration de la postérité, si un tel calcul lui paraît plein de discernement et de prévoyance, Dieu le bénisse ! C'est un bon citoyen, tel que l'État n'en saurait jamais trop voir mûrir sur ses espaliers. Mais quand ses entrailles commenceront de s'émouvoir en faveur d'une autre sagesse, non si basse qu'on croit, c'est alors qu'il dépendra de lui de pénétrer ou non dans un univers bien différent du nôtre, où le saint se trouverait peut-être aussi dépaysé que le lâche, car l'honneur humain est un mystère accessible aux seuls prédestinés. Il est des femmes pour qui l'impureté reste une énigme repoussante, on ne saurait les dire pures. Pour être un héros, il faut avoir au moins une fois en sa vie senti l'inutilité de l'héroïsme et de quel poids infime pèse l'acte héroïque dans l'immense déroulement des effets et des causes, réconcilié son âme avec l'idée de la lâcheté, bravé par avance la faible, l'impuissante, l'oublieuse réprobation des gens de bien, senti monter jusqu'à son front la chaleur du plus sûr et du plus profond repaire, l'universelle complicité des lâches, toujours béante, avec l'odeur des troupeaux d'hommes. Qui n'a pas une fois désespéré de l'honneur, ne sera jamais un héros.

Ce mot de désespoir sonne mal à certaines oreilles. « Le désespoir en politique est une sottise absolue », a dit un jour Maurras, pour l'émerveillement des mufles. Aux yeux de ce petit bourgeois humaniste, fécondé par une goutte de sang juif ou maure, le désespoir n'est qu'un aveu d'impuissance, une manière d'aller se coucher. Absolument étranger à toute vie intérieure surnaturelle, le doute même lui apparaît ainsi qu'une bassesse gratuite, un vice de l'âme. C'est qu'il ne désespérera jamais de ses livres, il ne désespérera jamais de lui-même. Pour être tenté du désespoir, il faudrait d'abord avoir aimé.

Au fond il nous importe peu de savoir ce que la France a été. Ce qu'elle est, voilà ce qui nous tenaille. Est-elle là ? Est-ce sa voix qui nous parle ? Est-ce sa main qui nous étreint si doucement dans l'ombre ? Et quand nous nous demandons avec angoisse : « L'aimons-nous encore ? », je pense que cela signifie : « Nous aime-t-elle toujours ? Nous est-elle fidèle, ne va-t-elle pas nous renier ? »

Certes, il y a une France que nous pouvons connaître à travers l'histoire, ainsi qu'un homme par sa vie passée, les circonstances de sa vie. Mais cette connaissance est bien vaine. Elle nous donne le bilan des expériences françaises. À quoi bon ? Nous comprenons parfaitement qu'un grand nombre de ces expériences nous furent imposées du dehors, qu'elles ne nous renseignent nullement sur le véritable destin de notre peuple, c'est-à-dire pour parler franchement, sur ce que Dieu attend de lui. Est-ce que Dieu attend encore quelque chose de nous ? Telle est la question qui nous angoisse. De quel droit la posons-nous ? Eh bien, nous ne pouvons faire autrement que nous la poser, voilà tout. De quel droit les réalistes prétendraient-ils nous imposer leur point de vue ? J'ose dire que les réalistes comptent pour peu de chose dans l'histoire de mon pays. L'histoire de mon pays a été faite par des gens qui croyaient à la vocation surnaturelle de la France et qui étaient assez bêtes pour mourir, alors que la destinée naturelle des réalistes me paraît être les obsèques nationales et l'Académie. « De quel droit vous affirmez-vous d'accord avec la conscience française, disent-ils, la France a-t-elle une conscience ? » Oui, mes chers maîtres, et c'est de pauvres diables comme nous, jadis, qui lui en ont fait une. Vous parlez sans cesse au nom de l'intérêt national. Que savez-vous au juste de l'intérêt national ? L'intérêt national trône à Saint-Denis avec M. Doriot, entre à l'Académie avec M. Maurras, spécule avec M. Tardieu, et je n'ose pas dire ce qu'il fait avec M. Gaxotte. Au fond l'intérêt national est le moindre souci de ces Messieurs. L'auteur d'Anthinéa faisait jadis un crime aux dreyfusards de former des jugements a priori, sans avoir pu prendre connaissance des dossiers de l'État-Major. Est-ce qu'il connaît, lui, les dossiers de la France ? Ce qui importe à ces cyniques, ce n'est pas l'intérêt national, mais que cet intérêt soit un absolu, au nom duquel ils terroriseront les imbéciles. N'importe quel cacographe peut parler au nom de l'intérêt français, qui ferait rire s'il parlait au nom de l'honneur français. Les cacographes ont trouvé plus simple de mettre la patrie au-dessus de la justice, de la vérité, de l'honneur. Ils disent au-dessus de l'honneur. Qui n'est pas sur le plan de l'honneur est au-dessous. J'ai bien le droit de reprocher en outre à ces machiavels de mener pour la plupart, même dans le journalisme, une vie de fonctionnaires ponctuels, et de trembler devant leur concierge. Pourquoi tirent-ils tant d'orgueil d'un cynisme aussi gratuit ? Car enfin, la grandeur – s'ils en ont une – des demi-dieux italien ou allemand est d'agir et non de parler cyniquement. Lorsque Franco épure l'Espagne selon les méthodes de la Terreur rouge, il a du moins le mérite de tremper ses bottes dans le même sang qu'il a versé, qu'il a versé de ses propres mains. Au lieu que les réalistes sédentaires prétendent faire porter à la France la responsabilité de leur cynisme, leur cynisme de laboratoire, de salon ou d'Académie. Ils refont l'histoire de la France pour prouver que la France s'est toujours servie de la justice et de l'honneur, au lieu de les servir, qu'elle n'est devenue grande que grâce aux combinaisons astucieuses des politiques sans conscience dont le seul souvenir fait claquer joyeusement leurs mandibules. Pas de sentiment, disent-ils. Toute canaillerie qui sert est bonne, et bran pour la morale ! Ils veulent une France pareille à ces marmots, auxquels on ne demande que de se remplir, de prendre du poids. Quand le pays manque à sa parole, ils souhaitent d'être les premiers à déplier les langes, à mettre le nez dans le caca. Qu'il est beau ! qu'il est jaune ! Quelle digestion heureuse ! Ils tiennent le torchon au bon endroit, ils espèrent encore : « Pousse, disent-ils, pousse pour l'Éthiopie, pousse pour Franco, pousse pour les Sudètes, pousse pour la paix. » Et ils poussent aussi ! Ils poussent dans leur pauvre culotte de grigous, ils poussent une petite crotte sénile, dure comme un caillou, noire comme le charbon, ils roulent cet objet entre leurs doigts, ils le flairent, l'enveloppent dans du papier de soie, l'emportent à l'Académie : « Regardez, mon cher duc, c'est du pur Machiavel. »

Je ne veux pas troubler ces gens-là dans leur plaisir. Je veux seulement qu'ils soient ce qu'ils sont. La part de sagesse dont ils disposent n'a ni religion ni patrie. Pour rendre les services dont ils sont capables, il n'est pas utile d'être Français. Ce sont des mercenaires de la politique, comme il est des mercenaires de la guerre. Que ces spécialistes donnent leur consultation lorsqu'on la leur demande, rien de plus. D'honorables scrupules peuvent retenir M. Maurras de servir un prince étranger, mais il est clair que si ces recettes valent quelque chose, elles valent pour tous les gouvernements. Lorsque le Prince les saurait par cœur, il ne lui resterait plus qu'à faire l'essentiel, il ne lui resterait plus qu'à gouverner. Ce ne sont pas les critiques qui font les livres et l'on n'a jamais entendu dire qu'un grand poème ait été écrit par l'auteur d'un manuel de prosodie. En quoi ces vérités si simples pourraient-elles blesser les admirateurs de M. Maurras ? Qu'il ait donné, après tant d'autres, les règles de l'hygiène politique, nul ne le nie. Un professeur d'hygiène peut avoir son idée sur les rapports de l'hygiène avec la morale, il ne s'ensuit pas que cette idée doive être acceptée sans une juste méfiance. N'est-il pas énorme d'entendre M. Maurras parler au nom de la tradition française, alors qu'il reste volontairement étranger à la part la plus précieuse pour nous de notre héritage national, la tradition chrétienne française, la chrétienté française ? Nous sommes volontiers reconnaissants à un tel homme du respect avec lequel il parle de l'Église ou de la France, mais quand il prétend les servir, qu'il les serve à son rang, qui n'est pas le nôtre. Il ne saurait pas plus prétendre absorber dans son nationalisme le culte de la Patrie, que son maître Auguste Comte, dans sa religion positive, le culte de la sainte Vierge. À nos yeux la France maurrassienne est aussi creuse, aussi vide que son catholicisme sans Christ, son Ordre catholique sans la grâce. Ce n'est pas là le Pays que nous honorons, ce n'est pas la France de Chartres.

Les petits mufles de la nouvelle génération réaliste auront beau m'éclater de rire au nez. Je ne leur en veux pas, comme disait Péguy, de « jouer le temporel ». Mais ils jouent le temporel et le spirituel à la fois, c'est ce qui me dégoûte : « Jouer le temporel avec les puissants de ce monde, et en même temps faire appel à la mystique et à l'argent des pauvres gens. » Non !

Je répète que ce sont là des vérités très simples, nullement injurieuses. J'espère, je crois que la France est le royaume d'élection du Christ. Je l'espérais, je le croyais bien avant d'avoir lu une seule ligne de M. Maurras. Je ne force personne à partager cet espoir et cette croyance. Je ne pourrais séparer l'un et l'autre de l'idée que je me fais de la Patrie. Cette croyance et cette espérance ont été celles de millions de Français, je me demande pourquoi je vais m'en excuser auprès de M. Tardieu. Quand M. Mussolini tire un si grand parti auprès du peuple de bâtards normands, levantins, lombards qu'il commande, de ses fabuleuses origines romaines, de la majesté de l'Empire romain, pourquoi devrions-nous renoncer à la vocation chrétienne française ? Ce mot de vocation chrétienne n'est pas aussi indifférent que le pensent les petits mufles de la nouvelle génération réaliste. Il ne signifie pas seulement que nous devons réclamer du gouvernement le libre exercice du culte ou même un traitement pour les curés. Il signifie que la France est chrétienne, qu'elle doit courir, qu'elle court, à l'égal de n'importe quel chrétien, les risques immenses du baptême. Sur ce point, nous ne pouvons nous entendre avec les réalistes : « À moins de ne pas savoir un mot de français, qu'est-ce à dire, sinon que nos adversaires parlent le langage de la Raison d'État, qui n'est pas seulement le langage de la raison politique et parlementaire, mais beaucoup plus exactement le très respectable langage de la continuité, de la continuation temporelle du peuple et de la race, du salut temporel du peuple et de la race. Et nous, par un mouvement chrétien profond, par une poussée très profonde révolutionnaire et ensemble traditionnelle de christianisme, suivant en ceci une tradition chrétienne des plus profondes, des plus vivaces, des plus dans la ligne, dans l'axe et au cœur du christianisme, nous n'allons pas à moins qu'à nous élever je ne dis pas jusqu'à la conception, mais au souci, mais à la passion d'un salut éternel, du salut éternel de ce peuple, nous n'atteignons pas à moins qu'à vivre dans une angoisse mortelle, éternelle, dans une anxiété constante du salut éternel de notre peuple, du salut éternel de notre race. »

« Le salut éternel de ce peuple », il y a de quoi faire rigoler M. Bailby et ses enfants de chœur, je ne trouve pas moins comique d'écrire à leur propos le mot de Raison d'État. La Raison d'État incarnée par M. Doriot, ou M. Sabiani, ou M. Jean Renaud, avouez qu'il y a de quoi rigoler. Ces gâcheurs et ces gâcheuses tutoient Louis XIV. Ils diraient volontiers avec l'accent du faubourg : l'État, c'est nous ! Mais Louis XIV disait aussi : mon peuple, et si dénués de vergogne que soient ces Messieurs, ils n'oseraient tout de même pas prendre une telle parole à leur compte. Le grand Roi disait « mon Peuple », comme il eût dit : « Ma conscience », et le peuple était en effet sa conscience. Car il répondait de l'État devant son peuple, mais de Son peuple devant Dieu.

Les petits mufles de la nouvelle génération maurrassienne m'accuseront de prêcher ici la monarchie de droit divin. La monarchie de droit divin a été inventée par des théologiens courtisans qui s'efforçaient de définir dans leur langage une conception de l'autorité à peine différente de celle des légistes de la Renaissance. Il n'y a jamais eu que ces domestiques pour prétendre ajouter ce verset aux commandements de Dieu :

« Aux Bourbons tu obéiras
« Ainsi qu'à Dieu mêmement.

Nos pères n'en demandaient pas tant. Ils avaient fait avec leurs rois une sorte de pacte qui pourrait s'énoncer ainsi : « Nous voulons la France grande, puissante et riche afin d'y vivre honorablement. Mais nous savons aussi que la conquête et la défense de tant de biens est difficile et dangereuse, et nous ne tenons pas du tout à nous damner. Vous êtes des princes chrétiens, vous répondez de nous sur votre salut. Arrangez-vous pour faire votre politique sans manquer à la loi de Dieu. Gouvernez toutes les familles françaises ainsi que nous nous efforçons de gouverner la nôtre, selon la tradition de l'honneur chrétien. Nous comprenons très bien qu'autrement, chaque acte de la France engagerait trop personnellement chaque Français, et qu'après avoir échappé à l'enfer comme simples particuliers, nous risquerions d'y entrer comme citoyens. Sans doute, vous n'êtes pas plus à l'abri que nous des tentations et des fautes. Nous exigeons seulement que vous péchiez en chrétiens baptisés, non en païens, que vous soyez des hommes comme nous, et non pas la Raison d'État, cette déesse à laquelle nous n'avons pas donné notre foi. »

On peut penser ce qu'on voudra d'un tel accord, il me paraît prodigieusement humain, il va au fond des choses. Je ne prétends pas qu'il soit seul possible. Un accord est un contrat et quelque chose de plus. On peut s'en tenir au simple contrat. M. Maurras a recruté jadis ses premiers disciples parmi des radicaux patriotes, du type jacobin. Ces gens-là sont naturellement absolument étrangers à ce « système de valeurs médiéval » que M. Rosenberg se vante d'avoir définitivement ruiné. « La monarchie, déclaraient ces néophytes, est le gouvernement qui coûte le moins cher et rapporte le plus. Cela suffit. Il n'importe pas que nous l'aimions. » Ce raisonnement n'est pas faux en soi. Il ressemble à celui de certains éducateurs : « Les femmes gaspillent le temps, les ressources et la santé des jeunes gens. Sois chaste et tu ne t'en porteras que mieux ! » Les mêmes néophytes disaient aussi : « Nous ne sommes pas catholiques, nous ne croyons pas un mot de l'Ancien ni du Nouveau Testament, et la personnalité du Christ nous est assez antipathique. Néanmoins l'Église reste pour l'immense majorité de nos compatriotes le temple des définitions du Devoir, il convient d'entretenir cet Institut, d'en respecter les dignitaires. » Quand ils nous parlaient ce langage, vers 1908, nous l'écoutions avec politesse. Il nous semblait peu courtois de discuter avec des gens qui criaient plus fort que nous : « Vive le Roi ! Vive l'Église ! Vive Jeanne d'Arc ! » Hélas ! Dix ans après, ils criaient tout seuls, ils ne nous permettaient plus d'ouvrir la bouche. C'est M. Maurras qui décide aujourd'hui de l'orthodoxie monarchiste des Princes, et il nous donne, en outre, des leçons de théologie. Il n'y a pourtant pas d'homme au monde plus différent d'un homme de l'Ancien Régime qu'un royaliste maurrassien, si facilement rallié aux dictatures. Les hommes de l'Ancien Régime ont toujours eu horreur et dégoût des dictateurs, qu'ils appelaient tyrans. Les hommes de l'Ancien Régime avaient, certes, les nerfs plus solides que nous. Ils regardaient en face des misères devant lesquelles nous détournons les yeux, parce qu'elles nous font mal et que nous ne pourrions les soulager qu'à nos dépens. Mais ils avaient de la justice un autre sentiment que les Jacobins conservateurs qui ne voient dans la monarchie ou dans l'Église qu'un double épanouissement de la gendarmerie.

On ne se fait, par exemple, aucune idée de la fièvre de réformes qui secouait, jadis, par intervalles, l'ancienne société française et dont la suprême manifestation a été cette extraordinaire Nuit du Quatre Août, que les imbéciles nationaux ridiculisent à l'envi parce que l'abandon volontaire des privilèges est bien la seule forme de folie dont ils soient incapables. Je pense à cette anecdote absurde et charmante que rapportait le Général de Ségur dans sa vieillesse. Il allait au bal de la Cour, en compagnie d'un ami, très fier d'un merveilleux costume or et argent, livré d'ailleurs à crédit. Leur carrosse croise une civière. On y transportait, leur dit-on, un pauvre ouvrier agonisant, si faible qu'on n'aurait pu le déplacer sans danger. Les deux amis sautent du carrosse, suivent le cortège, sous une pluie torrentielle, jusqu'au domicile du prochain médecin, et découvrent, en soulevant la couverture, qu'ils se sont donnés toute cette peine pour un cadavre déjà raide. Le bel habit or et argent n'est plus qu'une loque fangeuse. N'importe ! On vit au siècle des lumières, on a lu Jean-Jacques, on est affamé d'égalité, de fraternité. Qu'avaient de commun ces hommes avec la canaille bourgeoise confite dans la haine et la terreur du monde ouvrier, et qui tient déjà Mgr le Comte de Paris pour un dangereux socialiste ? « Ensemble et quand vous voudrez, disait autrefois Mgr le Comte de Chambord, nous reprendrons le grand mouvement de 89 ! » Et c'est vrai que la vieille France monarchiste s'est comme abîmée dans le plus prodigieux élan de réforme qu'on ait jamais vu dans l'Histoire ; l'ancienne Monarchie avait fait un peuple capable de se lancer tout entier dans une si extraordinaire aventure, un peuple tout entier qui après mille ans d'expérience s'enflamme pour cette Cité harmonieuse, dont parle Ch. Péguy, rêve de justice universelle, la veut réaliser sur-le-champ. Au fond, les conservateurs nationaux haïssent les hommes de 89, parce qu'ils les sentent plus jeunes qu'eux, tellement plus jeunes ! Ils ne se retrouvent qu'avec les hommes de 93, ces conventionnels qui leur ressemblent, qui se sont rués dans la dictature napoléonienne comme eux-mêmes dans le fascisme mussolinien, bourgeois féroces et bornés, piliers de la Raison d'État, pionniers des démocraties totalitaires, ennemis du peuple. Charles Péguy était un homme de 89. Charles Maurras est un homme de 93. L'homme de 89 est plus près de nous que celui de 1900. La génération à laquelle appartient M. Maurras déjà sombre dans les ténèbres et dans l'oubli. L'homme de 89 eût éclaté de rire à la face du nouvel Empire éthiopien. L'homme de l'Ancien Régime eût tenu le Nationalisme pour ce qu'il est, une farce cruelle dont les banquiers font les frais. L'homme de l'Ancien Régime parlerait aujourd'hui à l'Europe le langage que l'Europe attend de la France. L'homme de l'Ancien Régime avait la conscience catholique, le cœur et le cerveau monarchistes, et le tempérament républicain. C'est un Type humain beaucoup trop riche, hors de la portée des intellectuels bourgeois.

J'estime le moment venu d'écrire ces choses. Si le nom de M. Maurras revient sans cesse sous ma plume, c'est qu'il est probablement le seul des grotesques nationaux à mériter d'occuper un moment la pensée d'un Français, en ces jours de honte. Loin de ressentir à son égard rien qui ressemble à la haine, le seul sentiment que m'inspire son mystérieux, son exceptionnel destin, n'est pas loin d'être celui d'une sorte de terreur sacrée.

Sur tout ce qui touche à ses préjugés ou ses rancunes, je tiens évidemment sa parole pour moins que rien, mais je crois sincères les contradictions qui l'animent. Il admire la France, la Monarchie, l'Église avec une lucidité déchirante, une jalousie féroce, sans espoir d'aller jamais au-delà d'une convoitise désespérée, comme l'impuissant une maîtresse, qu'il ne souhaite même plus d'étreindre. Les hideux blasphèmes du Chemin de Paradis qu'il a bien pu effacer de son livre, mais qu'il s'est toujours gardé, avec une honorable franchise, de rétracter, ne me scandalisent nullement. J'y vois plutôt le cri de rage d'un cœur qui ne peut se rendre. Évidemment les desseins de Dieu sur une telle âme ne nous sont point connus, sans doute ne dépend-elle plus que des violences soudaines, irrésistibles de l'inexorable Amour. Il n'en reste pas moins que le destin temporel d'un homme si cruellement divisé contre lui-même, passionné pour des vérités aux disciplines desquelles il s'acharne à plier sa pensée, alors que son être les refuse, en refuse la substance éternelle, la réalité profonde, – ressemble à l'une des formes les plus cruelles de la damnation en ce monde.

Oui, j'estime le moment venu de dire ces choses. Je l'ai déjà écrit, je l'écrirai encore, je ne me lasserai pas de l'écrire, sûr d'être compris un jour par d'autres jeunes Français, approuvé, consolé dans la terre étrangère où je prendrai sans doute mon dernier repos. Ce ne sont point les combattants – ridiculisés depuis sous le nom d'Anciens Combattants – qui ont trahi l'attente du pays, du pays qu'ils avaient courageusement, patiemment, humblement servi, chacun selon ses forces. Ils avaient sauvé le pays comme on gagne le pain quotidien. Je parle de l'immense majorité des combattants, – sans oublier les autres, – je parle des ouvriers ou des paysans français qui se fichaient totalement du Kantisme ou de l'ordre latin, auxquels le langage emphatique des petits aspirants de 1917, empoisonnés de propagande officielle, paraissait un charabia incompréhensible. Pauvres gosses, qui après mille imprudences héroïques finissaient par se faire tuer pour montrer qu'ils valaient mieux que leur langage et ne réussissaient ainsi, hélas ! qu'à déconcerter un peu plus, ahurir les vétérans. Fâcheux présage ! Premier signe, signe initial, signe augural d'un désaccord profond, irréparable. Les hommes de guerre avaient fait la guerre avec un petit nombre de sentiments simples, élémentaires, qui étaient l'esprit même de la guerre. Et l'arrière, le Derrière, le gigantesque séant élargi aux proportions de l'Arc de Triomphe, achevait de se vider d'une Mystique, la Mystique de l'arrière, où l'Ancien Combattant est tombé comme une mouche dans la glu. Tous les politiques et les politiciens du Derrière, de gauche ou de droite, ont leur part dans cette dégoûtante entreprise. L'esprit de guerre avait été un esprit de fraternité, de camaraderie fraternelle. Les politiciens du Derrière ont brisé cette fraternité. L'esprit de guerre avait été, en somme, un esprit d'enfance. Ils ont feint d'entrer dans cet esprit pour en exploiter cyniquement la sincérité, la bonne foi, cette pudeur de l'héroïsme, l'humilité naturelle à qui s'est vu tel quel, s'est vu jusqu'au fond, tel que Dieu le fit, sous une pluie de fer, dans le total arrachement de l'angoisse. Nous avions sauvé le pays et les gens du Derrière montaient la garde à la porte sur laquelle ils avaient inscrit, en lettres capitales : ICI, LA FRANCE. Et derrière, nous n'aurions trouvé que des sexagénaires cyniques, fumant leurs pipes ou s'engueulant ferme, au ronflement des rotatives. Mais les huissiers s'empressaient : « Attention, mes enfants ! Prenez garde ! Enlevez vos godillots ! notre chère France est bien fatiguée. Ne lui demandez rien. Vous avez soif d'idéal. Nous vous fournirons d'idéal. Aux poilus de gauche, la Mystique pacifiste. Aux poilus de droite, la Mystique nationaliste. Chacun la sienne, et rentrez tranquillement chez vous. Lorsque la France sera réveillée, elle vous enverra le percepteur. »

Je proclame une vérité reconnue de tous en écrivant que les hommes de la guerre ont trouvé une opinion publique si solidement tenue, si perfidement aménagée par les gens du Derrière que toute action commune leur a été rendue impossible. La discipline civile leur a été sournoisement mille fois plus étroite et plus inflexible que la discipline militaire. Le malheur est qu'ils s'en soient aperçu si tard, trop tard. Et d'abord on les a gardés douze mois sous les armes, le temps qu'il fallait pour moucher des vainqueurs. Une, deux, dans la cour du quartier, avec quatre crans portés par l'adjudant rempilé qui n'a jamais mis le nez au créneau, voilà de quoi rabaisser le caquet des héros. N'importe. On les a tout de même démobilisés un par un, par prudence. Dès le seuil de la caserne, vêtus d'un complet veston de drap militaire, ils trouvaient des types pareils à ceux qui racolent les voyageurs, à la sortie des gares : « Hôtel Bristol ? Hôtel du Cheval-Blanc ? Humanité ? Populaire ? Action française ? Cuisine bourgeoise ! Retraites ouvrières ! Grand confort ! Part du combattant ! Eau courante à tous les étages ! Partage des Allemagnes ! Service à la carte ! États-Unis de l'Europe ! Ascenseur !... » Voulez-vous me permettre de reprendre le langage d'autrefois, celui de la Main de Massiges ou du Chemin des Dames ?... Ah ! les vaches !

Le mot de Mystique est passé de mode, soit. Nous ne tenons nullement à ce mot-là. Il nous est seulement permis de rire du mépris que feignent de lui porter les doctrinaires réalistes. Ils méprisent la Mystique, mais ils s'en servent sans vergogne. Il n'y a pas de mystique royaliste à l'Action française, c'est vrai ; nous le savons. Mais il y a une mystique maurrassienne, une mystique de la personne de M. Maurras. Certes, la doctrine de M. Maurras mérite l'estime de n'importe quel Français ayant le respect des choses de l'esprit, mais c'est la mystique maurrassienne qui fait les fonds. Pour s'en convaincre, il suffit d'avoir observé, ou, s'il est possible, soutenu l'assaut d'une de ces dames propagandistes que le seul nom de l'auteur d'Anthinéa jette dans les transes : « La politique se moque de la mystique, dit Ch. Péguy, mais c'est encore la mystique qui nourrit la politique même. Car les politiques se rattrapent, croient se rattraper, en disant qu'au moins ils sont pratiques et que nous ne le sommes pas. Ici même, ils se trompent. Et ils trompent. Nous ne leur accorderons pas même cela. C'est nous qui sommes pratiques, qui faisons quelque chose, et c'est eux qui ne le sont pas, qui ne font rien. C'est nous qui amassons et c'est eux qui pillent. C'est nous qui bâtissons, c'est nous qui fondons, et c'est eux qui démolissent. C'est nous qui les nourrissons et c'est eux qui parasitent. C'est nous qui faisons les œuvres et les hommes, les peuples et les races. Et c'est eux qui ruinent. »

Il me paraît en effet convenable d'écrire que les politiques ont perdu un des plus grands « mouvements », une des plus belles et profitables renaissances que notre pays eût pu connaître, une renaissance, un mouvement social et national auquel j'ai pu comparer tout à l'heure – avec Mgr le Comte de Chambord – le mouvement de 89. Vers 1900, la France était prospère, mais le régime républicain n'en pouvait plus, ne tenait plus que les cadres électoraux – il est vrai qu'il les tenait bien. Aujourd'hui, c'est la France qui n'en peut plus. Le régime républicain a été le seul bénéficiaire de la propagande nationaliste qui a réveillé le patriotisme jacobin, réconcilié peu à peu l'élite sociale du pays avec l'hypothèse d'une dictature de gauche. Il faut dire, il faut écrire que le régime républicain, en exploitant les haines et les terreurs des droites, a réussi ce coup de force, ce coup magistral de se dégager du parlementarisme, dont il était menacé de partager le destin. Je ne prétends nullement porter aux nues l'ancien Parti royaliste, celui qui en 1887 comptait tout de même, au Parlement français, tant de députés et de sénateurs auxquels la République faisait un peu plus tard les honneurs de la Haute-Cour. J'ai connu jadis – M. Maurras aussi, d'ailleurs – ces vieux royalistes. Les meilleurs d'entre eux se sont ralliés à l'Action française naissante, grâce à la mystique du coup de force. Le « par tous les moyens, même légaux » enflammait l'imagination de ces braves gens. Il n'y a pas eu de coup de force. Il n'y a que ce coup de force de trouver chaque année plusieurs millions pour l'entretien paradoxal d'un parti qui, sorti voilà plus de trente ans des marécages de l'union bien-pensante, réduit aujourd'hui aux proportions d'un mince filet limoneux, s'efforce de rentrer dans les eaux mortes.

Je ne rappelle pas ces vérités dans l'intention d'affliger des amis. Je me suis retenu longtemps de les écrire, et si étrange qu'un tel scrupule puisse apparaître aux étourdis, je ne les eusse peut-être pas écrites, avant que M. Maurras fût entré à l'Académie. Par sa candidature académique, M. Maurras a démontré qu'il se ralliait dans sa vieillesse à un certain ordre de grandeur temporelle, auquel il est d'ailleurs plus probable qu'il a toujours appartenu. Lorsqu'on a vécu sa vie entière du dévouement des royalistes et des catholiques, il est fâcheux d'avoir dû leur imposer encore la suprême épreuve de choisir entre sa propre personne et l'Église, entre sa propre personne et les Princes. Il m'importe peu que les petites tantes nationalistes qui travaillent dans les journaux de la propagande italienne trouvent ce rappel de mauvais goût. Je répète que, quel que soit le jugement qu'on forme sur l'étrange destinée de M. Maurras, il reste que des milliers de chrétiens et de chrétiennes ont assez cru en lui, à sa parole, à la probité de sa pensée, à l'honnêteté de son action pour supporter d'être privés des sacrements. Des centaines d'autres ont souffert jusque sur leur lit d'agonie d'un doute plus terrible encore. Lorsqu'on a eu le malheur d'exiger, ou du moins d'accepter d'encourager de tels sacrifices, on ne brigue pas l'Académie, on n'invite pas les pauvres diables qui ont tout donné, tout risqué, même leur salut, à partager la joie d'une sorte d'apothéose scolaire, avec ses cousins de Martigues, sa concierge, ses vieilles maîtresses et sa cuisinière.

J'ai le droit de parler comme je fais. Ce n'est pas la pensée de M. Ch. Maurras qui m'a rallié à la Monarchie. Je n'ai jamais été républicain. J'ai cru, à seize ans, qu'il était l'homme du coup de force, qu'il descendrait dans la rue. Je l'ai cru parce qu'il me l'affirmait, qu'il ne cessait pas de l'affirmer. Je ne le tiens pas pour un lâche. Je dis qu'aucun politicien n'a exploité avec moins de vergogne l'image d'un risque qu'il était bien décidé à ne pas courir. Cela me suffit. Je distingue volontiers entre M. Maurras et M. Jaurès. Il n'en est pas moins vrai que leurs destinées politiques se ressemblent. Tous deux humanistes, tous deux professeurs, également ignorants ou secrètement dédaigneux du vrai peuple, également experts à parler le langage de l'action, à noyer l'action réelle dans la phraséologie de l'action, à l'amortir, à l'étouffer, à la prendre toute vivante dans un minutieux réseau d'objections pertinentes, de réserves judicieuses, d'ironies, d'indignations feintes, de dénigrements méthodiques, le premier a brisé l'élan syndicaliste, poussé peu à peu son parti dans le cul-de-sac de l'union des gauches comme le second jette le sien dans l'impasse de l'union des droites : « Par son passé universitaire, intellectuel, par sa carrière intellectuelle, par ses relations, par tout son ton, par le grand nombre, par le faisceau d'amitiés ardentes qui montaient vers lui et qu'il encourageait complaisamment, qu'il excitait constamment à monter vers lui, amitiés de pauvres, de petites gens, de professeurs, de nous, qu'il ramassait comme un foyer ramasse un faisceau de lumière et de chaleur, Jaurès faisait figure d'une sorte de professeur délégué dans la politique, mais qui n'était pas politique, d'un intellectuel, d'un homme qui travaillait, qui savait ce que c'était que travailler. Il faisait essentiellement figure d'un impolitique, d'un homme qui était comme chargé de nous représenter, de nous transmettre dans la politique. Au contraire, c'était un politique qui avait fait semblant d'être un professeur, qui avait fait semblant d'être un intellectuel, qui avait fait semblant d'être des nôtres... Quand ceux qui font métier et profession d'être impolitiques font, sous ce nom, de la politique, il y a le double crime de ce détournement perpétuel. Voler les pauvres, c'est voler deux fois. Tromper les simples, c'est tromper deux fois. Voler ce qu'il y a de plus cher, la croyance. La confidence. La confiance. Et Dieu sait si nous étions des âmes simples, des pauvres gens, des petites gens. C'est bien ce qui les fait rire aujourd'hui. »

Car il ne s'agit plus pour nous de la pensée de M. Ch. Maurras, telle qu'elle enrichit les dictionnaires. Il s'agit des consciences qu'elle a formées. La pensée de M. Ch. Maurras a fait un très petit nombre de Bainville, c'est-à-dire d'hommes libres, d'une espèce de liberté stérile qui mène à l'acceptation lucide et désespérée du désordre ou de l'injustice, et un beaucoup plus grand nombre, un nombre immense d'intellectuels desséchés jusqu'à la moelle, des Bêtes à jugement, comme par exemple M. Henri Massis. Le malheur de M. Ch. Maurras est de ne pas aimer réellement sa pensée, – à laquelle il s'est lié par des chaînes de fer, – sa force est de haïr la pensée d'autrui, d'une haine vigilante et sagace dont peu d'êtres sont, évidemment, capables. Il hait la pensée d'autrui d'une haine charnelle qui, par une contradiction émouvante, a la puissance et le mouvement de l'amour. C'est par là qu'il féconde des milliers d'imbéciles qui ne l'ont pas lu, ou l'ont lu sans le comprendre. Ainsi a été rendue possible la création à des milliers d'exemplaires d'une race de bas intellectuels, d'humanistes primaires, aussi pauvre d'humanité que d'humanités, une race de bourgeois nationaux mille fois plus impitoyables et non moins vaniteux que leurs ancêtres libéraux, conservateurs féroces qui baptisent réalisme l'égoïsme de leurs pères, prétendent confisquer la Monarchie et l'Église, couper l'une et l'autre du Monde ouvrier. La collusion de cette bourgeoisie de droite et de la bourgeoisie de gauche, de ces deux bourgeoisies avec l'opinion cléricale, éclate aujourd'hui à tous les yeux. C'est elle qui fait la fortune du nouveau parti maurrassien, c'est elle qui devait tôt ou tard dresser l'Action française contre la véritable tradition monarchique représentée par les Princes et contre la tradition de la Chrétienté. On rencontre d'honnêtes gens, on rencontre même des apôtres dans les partis prétendus nationaux. Il n'en est pas moins vrai qu'ils se recrutent, pour leur immense majorité, dans les rangs de ceux qui, comme dit encore Ch. Péguy, se refusent obstinément, se refuseront toujours à faire les frais, à faire les frais d'une restauration économique, d'une restauration sociale, « d'une révolution temporelle pour le salut éternel ». – « Pour ne pas payer, pour ne pas faire les frais, une singulière collusion s'est instituée, s'est jouée, se joue entre l'Église et le parti intellectuel. Ce serait même amusant, ce serait risible, si ce n'était aussi profondément triste. Ce concert, cette collusion consiste à décaler, à déplacer le débat, le terrain même du débat. Ainsi tout le monde y gagne, car ça ne coûte plus rien, ça ne coûte plus aucune révolution économique, industrielle, sociale, temporelle, et nos bourgeois de l'un et l'autre côté, nos capitalistes de l'un et l'autre bord, de l'une et l'autre confession, les cléricaux et les radicaux, les cléricaux radicaux et les radicaux cléricaux, les intellectuels et les clercs, les intellectuels clercs et les clercs intellectuels ne veulent rien tant, ne veulent que ceci : ne pas payer. Concert merveilleux. Merveilleuse collusion. Tout le monde y gagne tout. Une fois de plus, deux partis contraires sont d'accord, se sont trouvés, se sont mis d'accord non seulement pour fausser le débat qui les divise ou paraît les diviser, mais pour fausser, pour transporter le terrain même du débat là où le débat leur sera le plus avantageux, leur coûtera le moins cher à l'un et à l'autre, poussés par la seule considération de leurs intérêts temporels. Les porte-monnaie restent dans les poches et les argents restent dans les porte-monnaie. C'est l'essentiel. Mais je le redis en vérité, tous ces raisonnements ne pèseraient pas lourd, s'il y avait une once de charité. »

Des hommes comme Drumont ou Péguy n'ont rien de commun avec ce qu'on appelle aujourd'hui les gens de droite. Il a fallu l'affaire d'Éthiopie, celle d'Espagne, enfin la capitulation de Munich pour démontrer aux plus obtus que la généalogie de ces derniers est facile à dresser. Par-dessus quelques générations, ils remontent directement aux Cavaignac de l'Insurrection de Lyon, aux Thiers et aux Gallifet de la répression communarde. De quel droit M. Maurras ose-t-il toucher à Proudhon ? De quel droit l'héritier des anciens légistes centralisateurs qui, voilà quelques mois, allait présenter ses devoirs au bourreau de la Catalogne et du Pays basque, se recommande-t-il des libertés monarchiques ? Il n'est rien de plus éloigné de nos traditions que la dictature, et M. Maurras a contribué plus qu'aucun autre à créer chez les gens de droite une mystique mussolinienne. Qu'importent les précautions qu'il a prises, les textes dont il accable tout contradicteur ! Ce qui compte dans une doctrine, ou du moins ce qui intéresse le philosophe social, ce ne sont pas les définitions ni les distinctions qu'il est toujours facile d'opposer à l'adversaire, c'est le courant qu'elle a créé. Le courant de la pensée maurrassienne, poursuivant sa route à travers les couches profondes de la bourgeoisie conservatrice, a fini par l'orienter vers les dictatures. La doctrine nationaliste peut bien conclure à la monarchie, la mystique du nationalisme intégral aboutit à la dictature du salut public. C'est sans doute la raison profonde du culte rendu par tant de royalistes de la nouvelle obédience à M. G. Clemenceau. Car M. Clemenceau est précisément le type de Français de gauche le plus achevé, le plus complet, le plus solidement confirmé dans la tradition de gauche. En lui pourtant se reconnaissent et s'embrassent les bourgeoisies cléricales et anticléricales, également étrangères à l'ordre et à l'esprit de l'ancienne France, également ennemies de ce que nos aïeux appelaient d'un si beau nom, leurs franchises.

Je n'inscris pas ici par mégarde le nom de M. Clemenceau. La politique de M. Clemenceau, l'esprit de M. Clemenceau, le réalisme de M. Clemenceau ont jadis marqué profondément l'opinion française. Il en coûte d'avouer qu'un politicien dont l'histoire, s'il était mort quelques années plus tôt, n'eût pas même retenu le nom, ait pu barrer jadis la route à des hommes qui valaient mille fois mieux que lui. Qu'importe ! En creusant un peu, on trouve de plus vils que lui à la racine des événements majeurs ainsi qu'à celle de la plante morte le léger squelette d'un ver. Ceux qui prennent Doriot pour un mâle et pâlissent sur les reconstitutions historiques de normaliens exsangues, sont très loin d'imaginer le pouvoir dont dispose un homme qui non seulement ne craint pas la mort, mais dispose réellement de sa mort, joue sa vie, ne compte plus sa vie pour rien, la joue indifféremment contre un sourire de femme, une grimace d'homme, un bon mot, moins encore… C'est idiot, protesteront les sages. Évidemment, c'est idiot, mais telle est la loi de l'audace, qui n'est pas celle du bon sens. Tout homme digne de ce nom, s'il le faut, est capable de prendre son risque ; on ne compte pourtant qu'un très petit nombre d'audacieux. L'audacieux préfère son risque à sa vie, et même à la gloire. Il arrive que la vie et la gloire relèvent le défi. Aucune page du vieux cynique ne fleurira demain les feuilles d'une Anthologie. Mais tandis que le maurrassisme triomphe au pont des Arts, prend lentement sa place au Musée de l'Humanisme, c'est l'esprit de Clemenceau, ou ce qui lui en tenait lieu, ses haines, qui réussissent à galvaniser encore une union nationale exténuée. Le clemencisme coule à pleins bords. Il ne lui manque rien pour ressembler à celui auquel le vieux Maître de La France juive fit face, pas même l'argent de l'étranger.

Péguy, Drumont, Lyautey, ce qui a toujours manqué à de telles gens, c'est l'espace indispensable, leur volonté magnanime n'a pas eu la place pour se déployer. Ils l'auraient moins encore aujourd'hui. Dans l'état présent de l'opinion française de droite, une renaissance est presque inconcevable. L'opinion française de droite ne pense nullement à renaître, elle veut durer, elle veut se survivre. Elle ne consentira jamais les sacrifices nécessaires à une renaissance. Elle ne songe pas à vaincre, elle n'acceptera jamais les écrasantes charges d'une victoire, tout son dessein ne va pas au delà que de se justifier. Ils se justifient. Ils se justifient entre eux. La trahison du maurrassisme est d'avoir laborieusement fourni à ces médiocres, pièce par pièce, un dossier facile à plaider, d'innombrables prétextes à révision, les moyens de droit d'une interminable procédure. La société moderne est à refaire. La société française est à refaire, et la trahison du maurrassisme a été de lui persuader qu'il n'en était rien, qu'elle pouvait parfaitement servir telle quelle, grâce à la Monarchie, bien entendu. Et ce disant, il trahissait aussi la Monarchie, ou du moins il trahissait l'image que les jeunes Français devraient se faire d'elle, de l'œuvre à entreprendre, à réaliser par elle, car l'œuvre de la Monarchie est précisément de refaire la société française, ou pour tout dire de notre espoir, de notre volonté, de notre détermination sans retour, de notre décision irrévocable, – elle est plus précisément encore de refaire avec la Monarchie une Chrétienté française.

Nous n'avons jamais pris l'Exposition de 1889 pour l'apothéose du patriotisme français. Vous savons que les fraieries du boulangisme masquaient mal une crise profonde, que la France ne s'est jetée au bras du malheureux général que parce qu'elle doutait d'elle-même, de son droit. Qui doutait de la France parmi les Français ? On pourrait nommer ensemble, incriminer ensemble, le parti intellectuel et le monde ouvrier. Mais le monde ouvrier souffrait seulement de cette crise, il n'en était point l'auteur, il n'en portait pas la responsabilité. S'il doutait de la France et de la République, c'est que ni la République ni la France n'avaient été justes envers lui, n'avaient tenu les promesses faites. Au lieu que le parti intellectuel, plus puissant qu'il ne l'avait été à aucun moment de l'Histoire, ne souffrait pas dans sa chair, sa déception n'était pas celle des entrailles. Même sincères, les scrupules de ces Messieurs étaient des scrupules de luxe, leur crime est d'avoir prétendu les partager avec les pauvres diables, d'avoir prétendu associer les pauvres diables, le petit peuple, à leurs délectations moroses. Le respect que je sens pour la mémoire de Maurice

Barrès ne peut m'empêcher d'écrire que le nationalisme a été inventé pour résoudre des cas de conscience plus littéraires que politiques, fournir d'une foi humaine, d'une religion humaine, des gens de lettres déchristianisés ou pour mieux dire déshumanisés (c'est la même chose) jusqu'à la racine de l'âme. Dans cet antique pays chrétien, il est à la fois risible et sinistre de voir un petit nombre de philosophes, d'esthètes imposer par la plume, la parole, l'action publique, leurs propres débats intérieurs à de braves gens qui depuis des siècles n'avaient jamais eu besoin de se confirmer par un système dans leurs fidélités naturelles. Pour réconcilier avec leur patrie une génération d'intellectuels pourris de renanisme, on a profondément scandalisé un vieux peuple plein d'honneur et de bonhomie qui a toujours pensé qu'une saleté est une saleté, parût-elle ou non favorable à l'intérêt national, qui ne prend pas la politique pour une école de candeur, mais a besoin de croire que le pays où il est né se conduit en honnête homme. On a bien pu réussir à faire accepter d'un public qui prenait jadis aveuglément le parti des faibles, s'est passionné pour les Américains de Washington, les Polonais ou les Boers, l'abject massacre de l'Éthiopie, mais ç'a été aux dépens de l'idée de Patrie. Il faudrait d'autres hommes que des gens de lettres pour agir sur certains réflexes populaires. Nous avons parfaitement le droit de dire que la place de M. Ch. Maurras était à quelque chaire du Collège de France, et non pas à la tête d'un journal ou d'un parti. Que l'auteur de L'Enquête ait incliné aux institutions monarchiques un certain nombre de radicaux, cela ne signifie pas grand'chose. Il y a les institutions monarchiques, il y a la tradition de la Monarchie, son esprit. La part du monde ouvrier qui se soulève contre la moderne féodalité de l'argent est dans la tradition monarchique et M. Maurras est dehors. On peut écrire aujourd'hui que M. Maurras se trouve allié avec tout ce que la Monarchie devra briser pour agir. Dans ses orageuses relations avec les Princes, ce politique (mais qui est en même temps le plus souple, le plus madré des politiciens) a joué sur certaines traditions particulières à leur Maison. L'honneur royal a parlé plus haut. Ce n'est pas le Prince Henri d'Orléans que M. Maurras a fini par rencontrer sur son chemin, c'est le Dauphin de France.

Que voulez-vous ? Je me permets de trouver qu'on a payé très cher, beaucoup trop cher, les coups portés par le nationalisme à la Démocratie, dans ce petit monde intellectuel, jadis anarchisant, aujourd'hui communiste ou fasciste, qu'importe ? Je ne crois pas que l'honneur français ait gagné beaucoup du côté des intellectuels de droite. L'abjecte aventure de Munich doit nous enlever toute illusion. M. Jules Guesde et moins encore les vieux socialistes qu'aimait Drumont n'eussent consenti à humilier la France devant Staline, et Déroulède eût assurément souhaité crever, plutôt que subir les insolences de M. Hitler, de M. Mussolini, ou même de Franco. C'est avec le monde ouvrier, contre la bourgeoisie conservatrice et radicale, qu'il eût fallu réconcilier d'abord la Patrie. Je me souviens du temps où camelots du roi et militants syndicalistes, étudiants et terrassiers pendaient aux fenêtres de la Bourse du Travail un buste de la République, où nous forcions pêle-mêle les barrages aux cris de : « À bas Clemenceau ! À bas l'assassin de Draveil ! »

Cette réconciliation, cette réintégration du peuple sous le signe et dans l'esprit de l'ancienne France, la réconciliation, la réintégration d'un peuple confisqué depuis un siècle par la bourgeoisie, exploité par elle, par ses économistes, les fonctionnaires et les intellectuels de la bourgeoisie, cette grande œuvre semblait possible au temps de Drumont, avant que l'idée socialiste ne se fût cristallisée dans le marxisme, lorsqu'une élite d'historiens retrouvait les sources de notre histoire et que de jeunes chrétiens aristocrates et plébéiens mêlés – le jeune Lyautey était de ceux-là – rêvaient cette grande aventure qui s'est perdue dans les boues du ralliement politique, de l'entreprise politique du ralliement, de l'escroquerie électorale du ralliement. « Nous pensions alors, dit Péguy, nous pensons toujours, il y a quinze ans, tout le monde pensait comme nous, pensait avec nous, ou affectait de penser avec nous, il n'y avait sur ce point, sur ce principe même pas l'ombre d'une hésitation, pas l'ombre d'un débat. Il est de toute évidence que ce sont les bourgeois et les capitalistes qui ont commencé. Je veux dire que les bourgeois et les capitalistes ont cessé de faire leur office social, avant les ouvriers le leur et longtemps avant.

Il ne fait aucun doute que le sabotage d'en haut est de beaucoup antérieur au sabotage d'en bas, que le sabotage bourgeois et capitaliste est antérieur, et de beaucoup, au sabotage ouvrier ; que les bourgeois et les capitalistes ont cessé d'aimer le travail bourgeois et capitaliste longtemps avant que les ouvriers eussent cessé d'aimer le travail ouvrier. C'est exactement dans cet ordre, en commençant par les bourgeois et les capitalistes, que s'est produite cette désaffection générale du travail qui est la tare la plus profonde, la tare centrale du monde moderne. Telle étant la situation générale du monde moderne, il ne s'agissait point, comme nos politiciens syndicalistes l'ont inventé, d'inventer, d'ajouter un désordre ouvrier au désordre bourgeois, un sabotage ouvrier au sabotage bourgeois et capitaliste. Il s'agissait au contraire, notre socialisme était essentiellement et en outre officiellement une théorie générale, une philosophie de l'organisation et de la réorganisation du travail, de la restauration du travail. Notre socialisme était essentiellement et en outre officiellement une restauration et même une restauration générale, une restauration universelle. Nul alors ne le contestait. Mais depuis quinze ans les politiciens ont marché. Les doubles politiciens, les politiciens propres et les antipoliticiens. Les politiciens ont passé. Il s'agissait au contraire d'une restauration générale, d'une restauration totale, d'une restauration universelle en commençant par le monde ouvrier. Il s'agissait d'une restauration totale fondée sur une restauration préalable du monde ouvrier ; sur une restauration totale préalable du monde ouvrier. Il s'agissait très exactement, et nul alors ne le contestait, tous au contraire l'enseignaient, tous le déclaraient, il s'agissait au contraire d'effectuer un assainissement général du monde ouvrier, une réfection, un assainissement moléculaire, organique, et commençant par cet assainissement de proche en proche un assainissement de toute la cité. »

L'affaire Dreyfus et le Ralliement ont sauvé les puissances d'argent. Elles les ont même sauvées deux fois. D'abord en replaçant le monde ouvrier sous le joug de la bourgeoisie radicale, au nom de la Défense Républicaine. Mais plus encore peut-être en permettant à une poignée d'intellectuels de dériver le mouvement social chrétien vers le nationalisme.

À l'idée de la restauration nationale et sociale, au nom de la justice, s'est substitué une fois de plus le cruel mythe, le mythe stérile de la défense nationale et sociale. Les ambitieuses prétentions du Nationalisme n'ont abouti qu'à cette pauvreté : l'Union des Honnêtes gens, masque habituel, habituel truchement de l'Union des Gens d'Affaires. Ainsi devons-nous accepter aujourd'hui, sans vomir, l'ignoble parodie de la mise en accusation des ouvriers français, auxquels on prétend imposer, au nom de la Patrie, le sacrifice de réformes sociales sur la légitimité desquelles tout le monde est d'accord, lorsque depuis tant d'années les plus modestes bourgeois se vantent entre eux de jouer contre le franc ou de truquer leurs feuilles d'impôts. N'est-il pas notoire qu'au cours de la dernière guerre les millionnaires de la Cité de Londres fournissaient cyniquement à l'Allemagne, par l'intermédiaire des pays scandinaves, les matières premières indispensables ? Ces misérables, ou leurs fils, sont aujourd'hui les meilleurs soutiens de la politique de M. Chamberlain. De qui se moque-t-on ? N'importe, dites-vous, il faut armer. Mais si nous devons armer, n'est-ce point parce que l'Italie, nommément, jette chaque année quarante pour cent de son revenu total dans le gouffre des industries de guerre ? Et vous scandalisez les pauvres types, vous leur êtes un scandale intolérable lorsque vous opposez vainement Staline à Mussolini, justifiant ainsi le mythe marxiste de l'internationale du travail opposée à l'internationale du Capital.

Le scandale n'est pas de dire la vérité, c'est de ne pas la dire tout entière, d'y introduire un mensonge par omission qui la laisse intacte au dehors, mais lui ronge, ainsi qu'un cancer, le cœur et les entrailles. Je sais qu'un tel propos fera sourire un grand nombre de dignitaires d'Action Catholique et de prélats politiques. Mais moi, je ne me lasserai pas de répéter à ces gens-là que la vérité ne leur appartient nullement, que la plus humble des vérités a été rachetée par le Christ, qu'à l'égal de n'importe lequel d'entre nous, chrétiens, elle a part à la divinité de Celui qui a daigné revêtir notre nature, – consortes ejus divinitatis, – entendez-vous, menteurs ? Quand je vous vois tripoter une vérité de vos doigts agiles, de vos doigts d'escamoteurs, de vos doigts sacrilèges, je sais ce que vous profanez, entendez-vous, c'est vous-mêmes qui me l'avez appris au catéchisme, imbéciles ! Grâce à vous, à vos calculs toujours déçus, à vos finesses qui ne trompent personne, à ce style onctueux que vous êtes seuls, absolument seuls au monde à trouver touchant, élégant, admirable et qui manque à tel point de naturel qu'on se demande parfois avec épouvante s'il est encore capable de traduire un sentiment sincère, le nom de chrétien évoque instantanément, aux yeux de milliers d'incroyants, l'image d'une sorte de jocrisse qui s'érige en juge de tous, sauf de lui-même et des siens, proclame vanités les grandeurs et les honneurs qu'il ne brigue pas, l'argent qui n'est pas dans son coffre et les privilèges dont il ne jouit pas encore. Je ne cesserai pas de répéter à ces hypocrites qui n'ont que le mot de prestige à la bouche que la vérité n'a pas besoin de prestige, c'est eux qui éprouvent ce besoin, cette démangeaison, ce prurit, et ils n'ont pas le droit de le satisfaire aux dépens de la vérité. C'est se moquer amèrement du pauvre monde que de parler en incorruptibles censeurs à des adversaires supposés les auteurs de tous les maux dont souffre la société moderne, et de répondre à ceux qui vous interrogent sur vos propres fautes : « Malheureux ! Si nous disions la vérité sur nous-mêmes, nous risquerions de ne pouvoir plus la dire aux autres. Nous mentons donc dans l'intérêt de la vérité même. En sorte que plus nous sommes sévères pour autrui, plus il importe que nous montrions d'indulgence envers nos propres personnes. » Farceurs !

Ce que je reproche le plus à de telles canailleries, c'est d'être bêtes. Tout le monde sait, par exemple, que le Centre Allemand était un parti de politiciens. Lorsque M. Hitler exploite contre le Christ et l'Église le mépris inspiré par des hommes qui jadis l'accablaient de grossières flatteries, il ne souhaite rien plus que de nous voir solidariser avec ces sacristains ambitieux, le Christ et l'Église.

J'en ai assez de tous ces mensonges ! On maudit l'idole totalitaire à

Berlin, on la tolère à Rome, on l'exalte à Burgos. Est-ce qu'on nous prend pour des imbéciles ? C'est au nom du diable que M. Hitler justifie en Allemagne l'esprit de guerre, mais M. Mussolini pratique à Rome la même littérature, aux applaudissements du clergé fasciste. Certes, l'abjecte guerre d'Abyssinie, la proclamation de l'abject Empire qu'à l'exemple de Louis XIII, le roi d'Italie devrait faire consacrer solennellement à Notre-Dame de l'Ypérite, n'est pas le premier crime commis en Europe. Mais c'est assurément la première fois qu'une nation catholique, qui est la patrie du Souverain Pontife, et dispose d'une énorme influence dans l'Église, grâce au nombre paradoxal de ses cardinaux, se vante cyniquement de tenir le droit international pour une convention hypocrite et proclame à coups de canon la légitimité du fameux « Par tous les moyens », de M. Ch. Maurras, dont affectaient de se scandaliser jadis les mêmes tartufes qui aujourd'hui vous attirent dans les embrasures de fenêtres pour vous confier à l'oreille avec un sourire ignoble : « Nous savons que Mousu Franco tue beaucoup, mais il ne fallait pas le dire. » Ces gens-là ne me mettent pas en colère. J'éprouve à leur égard, au contraire, une sorte de tendresse, l'espèce de sympathie – un peu découragée, il est vrai – que le premier vieil homme venu, un soir d'hiver, lorsque la pluie noircit les trottoirs, ressent pour les putains. La pluie de sang tombe déjà sur ces fantômes. Encore un peu de mois et dans l'épreuve immense où va entrer le monde, un de ces astucieux petits monsignori diplomates, par exemple, avec ses doigts gras et son sourire fin, paraîtra peut-être aussi incongru dans l'Église qu'il l'eût été au temps de saint Pierre. Voyons ! vous pouvez bien m'imposer de tolérer l'existence de ces intermédiaires au nom des nécessités temporelles de l'Église, vous n'oseriez pas m'interdire de souhaiter qu'ils deviennent un jour des parasites inutiles, faciles à éliminer. – « Mais ces monsignori sont d'Église. » Sans doute. Et nous, pauvres diables, croyants ou incroyants, nous formons précisément ce monde avec lequel l'Église éternelle les charge de négocier. C'est pourquoi nous avons parfaitement le droit d'exprimer notre opinion sur ces négociateurs faits pour nous, à notre usage. Eh bien ! ils ne nous séduisent nullement. Ils nous persuadent moins encore. À quoi donc servent-ils ? À rien ! Ils appartiennent à un état de choses aboli, aussi démodés dans leur genre que les Gardes Nobles et les Gardes Suisses du Vatican. À cela près qu'il ne viendrait à l'esprit d'aucun Pape de prendre au sérieux ces militaires transformés par les siècles en gardiens de musée. Au lieu que l'existence des autres ne tient qu'à un malentendu. Nous comprenons très bien qu'un Souverain Pontife puisse raisonner ainsi : « Tous ces finauds coûtent cher, n'aboutissent à rien et ne me sont guère sympathiques. Je leur donne une parole de vérité, vivace et drue, et ils ont l'art de l'enrober aussitôt dans de la vaseline à la rose, ou même, étant donné la crise du pétrole, dans de la chandelle à la rose. Malheureusement, nos pauvres enfants raffolent de la chandelle à la rose. » Et les chrétiens pensent de leur côté : « Quelle drôle de besogne font parmi les peuples désespérés ces marchands de chandelle à la rose qui, faute d'acheteurs, mangent leur fonds. Mais quoi ! le Pape les aime, et si nous avouons qu'ils nous dégoûtent, cela fera de la peine au Saint-Père. » Ça ne peut pas durer !

On trouvera peut-être que je donne beaucoup d'importance à des personnages frivoles. Mais s'il veut réfléchir un instant, tout homme de bonne volonté devra convenir que ces marionnettes inoffensives ou même utiles dans les Cours et les Chancelleries de l'Ancien Monde, n'ont plus de place dans le nôtre : « Que vous importe, puisqu'ils restent dans les Cours et les Chancelleries. » Erreur profonde ! Leur esprit anime cette immense et d'ailleurs indispensable administration à laquelle je ne pense pas qu'ait été conféré le privilège de l'infaillibilité politique. Ils croient pouvoir ruser avec les peuples comme jadis ils rusaient avec leurs confrères, ils prétendent utiliser les énormes machines à publicité que sont les journaux comme jadis ils manœuvraient les favoris et les favorites. Ils n'oublient qu'une chose, les malheureux ! C'est que, dans le milieu très spécial où ils travaillaient jadis, une canaillerie ingénieuse est accueillie par un murmure flatteur. La même canaillerie vue aujourd'hui dans le colossal télescope de l'opinion publique universelle met instantanément sur les lèvres d'une foule de braves gens un mot que les diplomates n'emploient jamais, et qui, suivi de l'adverbe « alors », exprime une sorte de stupéfaction peu flatteuse.

    Je me soucie peu de scandaliser par de telles paroles. Pour ma part, j'ai fini de rire. Comme un grand nombre de braves gens à travers le monde, j'ai fini de rire. Contrairement à ce qu'imaginent sans doute les marionnettes multicolores qui nous croient occupés, comme elles, de titres, de grades, de décorations, d'académies, de ganses et de pompons, nous sommes las de les voir sans cesse engager dans leurs jeux ridicules l'honneur chrétien, ils le compromettent à l'envi, et chaque fois qu'ils perdent – car ils perdent toujours – ils font une pirouette et recommencent. Leurs palinodies nous ont ridiculisés en Allemagne, en Autriche, en Abyssinie, en Espagne. Ils ont affaibli, autant qu'ils l'ont pu, l'action du Saint-Siège par le ridicule contraste entre leurs commentaires emphatiques et leur sournoise exégèse de la parole pontificale. Vis-à-vis de cette parole, dont ils se prétendent les interprètes, leur rôle est celui de M. Laval dans l'affaire des Sanctions. Pour donner la vérité au monde, il serait nécessaire de rompre toute solidarité avec certains mensonges, désormais vidés de toute substance. Il n'y a plus par exemple un seul naïf capable de croire que l'intervention italienne en Espagne ait été une action militaire improvisée, la révolte de Franco une réponse aux massacres de Madrid ou de Barcelone, et ces massacres eux-mêmes, nul n'ignore qu'ils furent le fait d'organisations anarchistes où fourmillaient les agents provocateurs, rendues maîtresses de la rue grâce à la trahison simultanée de la police et de la troupe. On a prévu ces massacres, on les a prévus et voulus. Sans eux, la gigantesque campagne de presse qui a permis le coup de force mussolinien n'eût pas été possible et les Français eussent risqué de regarder trop tôt vers la Corse ou la Tunisie. Quelles que soient d'ailleurs les véritables origines encore obscures de la guerre civile, elle ne nous a rien appris sur les hommes de désordre que nous ne sachions depuis longtemps. Elle nous a, au contraire, prodigieusement éclairés sur la moralité des hommes d'ordre. S'il est vrai que six mille prêtres ont été hideusement exécutés chez les Rouges, on a tué le même nombre de paysans ou de bourgeois majorquins, absolument innocents de ces crimes. Et qui voyons-nous justifier ces représailles ? Les mêmes conciliateurs à tout prix, les mêmes entremetteurs à grimaces, qu'une virgule de trop dans un texte diplomatique fait pâmer. Eh bien ! nous ne supporterons plus d'être compromis par ces femmelins. Il faut que la Chrétienté liquide cette affaire d'Espagne, il faut que la vérité soit dite sur l'Espagne. Assez de phrases ! Vous vous êtes vengés, dites-le ! Lorsque nous avons le malheur de céder à l'esprit de vengeance, nous nous vengeons nous-mêmes, nous ne confions pas la besogne à un général interposé, contre une bénédiction de l'Épiscopat. L'affaire d'Espagne empoisonne la Chrétienté. Qu'on la vomisse, qu'on en finisse ! Lorsque vous vous plaignez des persécutions de M. Hitler, ne risquez pas que M. Hitler vous tienne poliment ce langage : « Excellences, vous nous avez déclarés, à l'égal des communistes, ennemis de Dieu et de l'Église. Nous sommes payés pour savoir comment vous traitez ces sortes de gens. » Lorsque je mets en garde contre de tels malentendus, je ne fais pas de sentiment. Je suis réaliste. Pourquoi les petits monsignori réalistes refuseraient-ils de m'entendre ? La vérité, la vérité sur l'Espagne, la vérité d'abord. Quoi ? J'aurai vu bien des fois dans ma vie l'autorité ecclésiastique se montrer implacable envers de jeunes prêtres imprudents ou des vieillards un peu entêtés, comme le vénérable archevêque de Rouen, et vous réintégrerez demain dans leurs paroisses des curés qui se sont faits, contre leurs propres paroissiens, dénonciateurs et pourvoyeurs de bourreau ! Il était, à Majorque, de notoriété publique que certains prêtres se faisaient même exécuteurs bénévoles, assistaient les tueurs dans leur tâche. « C'est faux ! » dites-vous. Alors, enquêtez ! Enquêtez publiquement ! Faites du moins savoir que vous enquêterez ! Il est ridicule d'enquêter sur l'âge canonique des servantes quand on refuse de regarder d'un peu près, sous les ongles, des mains sacerdotales qui furent peut-être des mains d'égorgeur.

J'aurais pu hésiter à traduire aussi nettement ma pensée, il y a six mois. Mais au moment où j'écris, Barcelone tombe. Et d'ailleurs, à quoi bon se taire ? Dans les milieux cléricaux qui me sont les plus hostiles, on est mieux renseigné que moi sur l'épuration franquiste et les méthodes de guerre des Maures et de la Légion. À Rome, le personnage qui se dit comte Rossi se vante publiquement de ses crimes. Je pourrais donner le nom du Dominicain auquel un Jésuite espagnol assurait l'année dernière qu'une véritable restauration du Christianisme dans son pays ne serait possible qu'au prix du sacrifice de deux millions de mauvaises têtes incorrigibles. Épuration ! Épuration ! Épuration ! Tel est le mot favori de ces fanatiques. C'est aussi le mot d'Hitler et de Staline. Assez ! Je ne demande pas à mon tour qu'on épure les épurateurs. Est-ce trop exiger de l'autorité ecclésiastique qu'elle prenne loyalement ses responsabilités devant l'Histoire, qu'elle ne permette pas que soit demain prêché l'Évangile à des populations décimées, par des misérables encore tout chauds d'une haine de deux années ? Qu'elle leur donne au moins des vacances, qu'elle leur laisse le temps de se refroidir !

Ceux qui auront lu les pages de La Grande Peur sur la Commune savent qu'en parlant ainsi je reste fidèle à moi-même. Je connais le parti clérical. Je sais à quel point il manque de cœur et d'honneur. Je ne l'ai jamais confondu avec l'Église de Dieu. L'Église a la garde du pauvre, et le parti clérical n'a jamais été que le sournois intermédiaire du mauvais riche, l'agent plus ou moins conscient, mais indispensable, de toutes les simonies. Une fois de plus, ces gens-là vont se dire : « Que demande donc cet écrivain catholique ? Car il lui manque évidemment quelque chose puisqu'il est mécontent. Tâchons de le lui donner pour qu'il nous fiche la paix. » Il ne leur viendra jamais à l'idée, bien entendu, que j'ai honte d'eux. Ils se croient beaux, aimables, spirituels, pas fiers. Ça, c'est vrai, ils ne sont pas fiers ! Ils doivent croire que je les envie. Lorsque ces personnages défilent en public, ils ne se consoleraient pas de glisser sur une pelure d'orange, et de ramasser une pelle comme tout le monde. Mais ils ne se posent jamais, sans doute, la question familière à n'importe quel chrétien pourvu qu'il ne soit ni un imbécile ni un lâche : « Quelle opinion peut se faire du Christ et de sa doctrine l'homme de bonne volonté qui m'observe et me sait chrétien ? » J'ai honte d'eux, j'ai honte de moi, j'ai honte de notre impuissance, de la honteuse impuissance des chrétiens devant le péril qui menace le monde. Quoi ! c'est nous l'Église du Christ ? Voilà les charniers qui s'ouvrent et il est impossible de tirer de nous un oui ou un non. Voilà les charniers qui s'ouvrent et nous nous croirons quittes en prévenant M. le Second Vicaire qui viendra en hâte bredouiller l'absoute, comme aux enterrements de pauvres, l'après-midi ! Le monde païen a pu créer, maintenir pendant des siècles, une civilisation humaine dont nous n'avons pas encore épuisé la substance et nous assistons avec des airs d'experts, des airs d'augure, à la ruine d'une civilisation née de l'Église. Nous nous contenterons de répondre à ces millions de misérables que la société élimine hypocritement par la faim, quand elle ne les fait pas fusiller par la police : « Que voulez-vous ? Je vous l'avait bien dit ! Soumettez-vous ! » C'était bien là, en effet, le conseil que l'Apôtre donnait aux esclaves, en son temps. Mais vous savez bien, menteurs, que les circonstances sont très différentes. L'Apôtre devait d'abord accepter tel quel le monde qu'allait transformer l'Évangile. Et c'est d'un monde formé par l'Évangile que vous laissez chasser le pauvre.

Je ne vous juge pas. Je me juge avec vous. Je ne refuse pas le châtiment commun. Nous avons tous livré le Fils de l'Homme. Du moins, j'espère ne pas l'avoir vendu. La part de vérité dont je dispose, je ne l'ai jamais refusée à personne. J'ai répondu en face à qui me la demandait. J'ai répondu dans un langage d'homme et non par des phrases honteuses qui renvoient dos à dos, avec une douceur exécrable, le juste et l'injuste, le riche et le pauvre, la victime et le bourreau. S'il plaît à Dieu, les menteurs ne me tiendront pas, ils ne m'ont jamais tenu. Je me moque des menteurs parce que je les mets bien au défi de rien posséder en ce monde que je puisse désirer moi-même. Et par mon exil volontaire, je n'ai pas seulement souhaité leur échapper, j'ai voulu échapper jusqu'au soupçon de leur appartenir en quoi que ce soit. Ceux qui m'aiment savent où me trouver par la pensée, dans quelque coin perdu de la campagne brésilienne, parmi les vaches et les cochons. Ils ne seront ainsi jamais tentés de m'imaginer tirant le cordon de sonnette des gens en place, ou sollicitant la voix du cardinal Baudrillart en vue de ma candidature académique. Je me crois, grâce à Dieu, incapable de céder aux tentations de la pauvreté, mais le diable et les casuistes sont malins et le catéchisme nous enseigne qu'il vaut mieux fuir la tentation que l'attendre de pied ferme. Il est vrai que les collaborateurs de l'Action française ont déjà entretenu leurs lecteurs de la magnifique maison que je viens d'acheter à Rio de Janeiro et d'imaginaires conférences sur la vieille chanson française qui me rapportent des cent et des mille. C'est ainsi déjà que les pauvres gens m'accusaient d'être devenu millionnaire aux dépens du pauvre Coty, l'année même où, l'accident qui m'a rendu infirme m'ayant mis dans l'impossibilité de finir un livre, je partais pour Majorque avec mes six enfants, ne devant qu'aux modestes avances de mon éditeur de ne pas mourir de faim. Vendu à Coty, disaient-ils. Et en effet l'ancienne feuille royaliste devenue le Moniteur des Deux-Empires, celui de M. Mussolini et celui de M. Franco, ne croyait pas si bien dire. Je n'étais pas vendu à Coty, j'étais vendu tout court, vendu par ministère d'huissier, jeté à la rue pour trois termes impayés, comme un simple étudiant, mésaventure que le vieux Drumont a eu le tort de redouter toute sa vie et à laquelle il n'a d'ailleurs échappé que par la mort.

À ceux qui se demandent pourquoi j'ai quitté mon pays pour le Brésil, je pourrai dire que je suis venu ici cuver la honte. La honte accable les uns, réduit les autres au désespoir. Je suis de ces derniers. Je ne veux pas cesser d'écrire, de témoigner pour ce que j'aime. Je sens bien que la honte et le dégoût m'eussent réduit à l'impuissance, ou à la haine, qui est impuissance pure, la forme démoniaque de l'impuissance. Tel Français qui s'abandonnerait en France, trouve la force de relever la tête, de faire front, il sait ce qu'il représente, lui, pauvre diable, il ne peut pas céder, il ravale Doriot et Blum, il ravale Tardieu et Jouhaux, il ravale Maurras et Flandin, il ravale même M. Céline, il ravale tout, il ne peut pas vomir en public. À cette distance, parmi des amis sincères de mon pays, le diktat de Munich m'est apparu ce qu'il est réellement, une farce macabre, mais une farce, un de ces faits qui ne peuvent pas prendre racine dans l'histoire, une sorte de fausse couche de la France, violée pendant son sommeil, au coin d'un bois, par des voyous. Oui, à distance, tout s'éclaire, et s'éclaire en se purifiant. La trahison des nationaux, par exemple, n'est plus cette espèce de monstre qu'on entend sans le voir, à travers le mur. Nous la voyons telle que nos amis la voient du dehors. L'Empire italien est leur œuvre, leur fait. La Société des Nations gênait le Duce. Ils ont fait contre elle une campagne dont l'exagération apparaîtrait aujourd'hui inexplicable à qui n'aurait jamais entendu parler de la guerre d'Éthiopie. L'alliance russe était un autre obstacle préalable aux ambitions romaines, ils l'ont sapée. Par leur propagande incessante, ils ont réussi à mettre dans la tête des hommes de droite que tout ce qui se ferait contre l'Italie se ferait contre l'ordre universel, que tout Français suspect de malveillance contre l'Italie était un ennemi de la famille, de la religion, de la patrie, vendu à Staline. Après quoi, M. Laval, leur homme, par l'abandon de la Somalie, a rendu possible l'entreprise d'Abyssinie, mais tandis qu'il s'opposait aux sanctions, sauvait le Duce, la presse nationale diffamait la France en Italie, nous faisait perdre auprès du public italien le bénéfice moral – si j'ose dire – de cette politique hypocrite, qui avait ainsi l'avantage de nous brouiller avec Londres sans nous concilier Rome. Plus tard, comme il devenait indispensable à la dictature, pour assurer le nouvel Empire, de nous couper du Maroc par la conquête des Baléares, on sait quel service ces misérables lui ont rendu. Ils criaient : « Au voleur ! » à la frontière des Pyrénées, afin de permettre au compère italien de cambrioler à l'aise sur les côtes de l'Ibérie. La besogne faite, ils n'osent évidemment plus dire que les Italiens ne sont pas à Majorque, mais ils viennent faire déclarer à la Chambre, par M. X. Vallat, – qu'en qualité de mutilé de guerre les patriotes envoient toujours à la tribune, dès qu'il y a une de leurs saletés à couvrir, – que M. Franco est un ami de la France, qu'un de ses officiers d'ordonnance est même décoré de la Croix de guerre, ainsi ! Telle est la consolation qu'on apporte à un malheureux peuple qui aura demain une nouvelle frontière à défendre.

Le jour où nos fils se feront tuer sur ces montagnes si paisibles, on dira que c'est notre faute, que nous avons jadis brisé le cœur de M. Mussolini, déçu sa tendresse. Qu'aurions-nous eu à lui offrir en Europe Centrale ? Qu'est-ce que l'Allemagne lui eût laissé prendre ? Il nous a souri juste le temps qu'il a fallu à la presse nationale pour monter contre l'Allemagne vaincue, contre l'Allemagne impuissante, une campagne d'injures qui ne nous apportait rien, qui ne servait que la naissante propagande hitlérienne, car déjà le maître de l'Italie ne pouvait ignorer qu'aujourd'hui comme hier, il ne sera jamais d'autre empire romain que celui de la Méditerranée.

Je ne rappelle ces choses que pour mémoire. Elles ne m'intéressent déjà plus. Il est peu d'exemples au cours de l'histoire que soient restées impunies les trahisons contre la France. Cela suffit. Toutes ces canailleries seraient frivoles, en dépit du sang versé, si elles n'étaient le signe matériel de l'abdication de la Chrétienté. La Chrétienté se tait, la France se tait, cela ne fait qu'un seul silence. Lorsque je parle comme je viens de le faire, on me prend volontiers pour un anarchiste. Si j'étais anarchiste, je me réjouirais de l'abaissement où sont tombés les hommes d'ordre. Or, je déplore cet abaissement, le spectacle m'en est intolérable. Je répète qu'on ne dupe pas les peuples, que toutes ces précautions oratoires, ces mais et ces si, ou encore ces grands mots, ces mots énormes, immenses, qui n'accouchent que d'actes médiocres dont chacun peut interpréter le sens à son gré, font courir plus de risques à l'Église que jadis l'invasion des Barbares. Car on baptise les Barbares, au lieu que je défie bien qu'on fasse chrétiens des mensonges, fussent-ils prudents et opportuns. Prendre la défense des Juifs et n'avoir pas un mot pour les milliers de gosses asphyxiés dans le seul but de fournir à l'État italien des débouchés économiques, ou pour les bombardements de villes ouvertes, à quoi bon ? Tout le monde sait ce que cela veut dire. Tout le monde a compris. Que les Rouges d'Espagne aient massacré des prêtres, ce n'était qu'une raison de plus, une raison déterminante pour l'Église de prendre ouvertement la défense de leurs femmes ou de leurs enfants innocents. N'importe quel homme bien né comprendrait ce langage. Mais le sentiment de l'honneur est ce qui manque le plus aux survivants dégénérés de la Chrétienté chevaleresque. J'ai payé cher, plus cher qu'on ne pense, le droit d'écrire que je ne compte plus sur eux pour rien. Pour rien. J'attends que de jeunes chrétiens français fassent, entre eux, une fois pour toutes, le serment de ne jamais mentir, même et surtout à l'adversaire, de ne jamais mentir, de ne mentir sous aucun prétexte et moins encore, s'il est possible, sous le prétexte de servir des prestiges qui ne sont d'ailleurs compromis que par le mensonge. Car nous en sommes là. Il ne suffit plus de dire un chrétien. Il faut dire « un chrétien qui ne ment pas », même par omission, qui donne la vérité tout entière, ne la donne pas mutilée. Que cette seconde chevalerie commence par sauver l'honneur. Et puisque le mot lui-même a perdu son sens, qu'elle sauve l'honneur de l'Honneur.